오 츠 당

• 북트레일러
  영상 보기!

(사탕의 맛)

옥춘당 고정순 글·그림

1판 1쇄 펴낸날 2022년 1월 15일
1판 4쇄 펴낸날 2024년 3월 5일
펴낸이 이충호
펴낸곳 길벗어린이㈜
등록번호 제10-1227호
등록일자 1995년 11월 6일
주소 04000 서울시 마포구 월드컵북로 45 에스디타워비엔씨 2F
대표전화 02-6353-3700
팩스 02-6353-3702
홈페이지 www.gilbutkid.co.kr
편집 송지현 임하나 황설경 박소현 김지원
디자인 김연수 송윤정
마케팅 호종민 신윤아 이가윤 최윤경 김연서 강경선
경영지원본부 이현성 김혜윤 전예은
제조국명 대한민국
ISBN 978-89-5582-625-8 74810, 978-89-5582-621-0 (세트)

ⓒ 고정순, 2022

이 책은 저작권법에 따라 보호받는 저작물이므로, 저작권자와 길벗어린이㈜의 허락 없이는 이 책의 내용을 쓸 수 없습니다.
이 책은 한국만화영상진흥원 '2021 다양성 만화 제작 지원 사업'의 선정작으로 지원 받아 제작되었습니다.

옥춘당

고정순 글·그림

길벗어린이

09 오줌은 두 칸 똥은 세 칸

57 머무를 수 없는

97 금산요양원 13번 침대

오줌은 두 칸 똥은 세 칸

고자동 씨와 김순임 씨는 전쟁고아였다.

두 사람은 삼 남매를 낳았고,
훗날 그들의 장남 고상권 씨는 나의 아버지가 되었다.

할머니의 잔소리를 할아버지는 언제나 농담으로 넘어가기 일쑤였다.

나는 방학 때마다 할아버지 댁에서 보냈다.

텔레비전에서 나오던 것과
전혀 비슷하지 않은
만화영화 주제곡을 불러 주던
나의 할아버지.

모래 요정 바람돌이
우리들의 친구~.

나는 늘 다정한
할아버지와 할머니가
신기했다.
아빠와 엄마는
싸우기 바빴기 때문이다.

사람들과 어울리기 좋아하는 할아버지와 달리
할머니는 낯을 많이 가리셨다.

오늘 볕이 따갑네.

할머니에게 할아버지는 남편이자 유일한 친구였다.

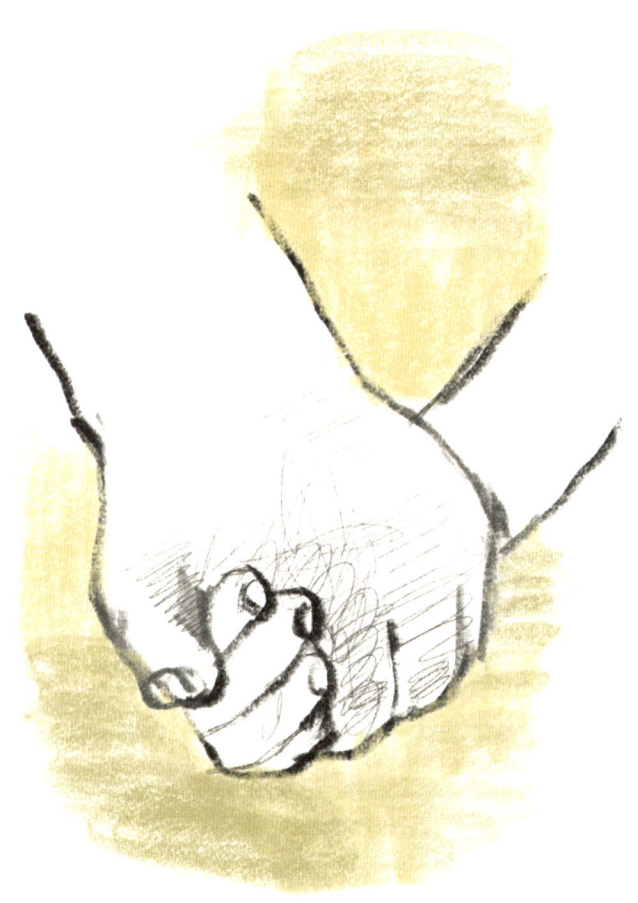

구름만 지나가도 금방 어둑해지던 좁은 골목길,
이마를 맞대고 있던 집과 집 사이에 할아버지와 할머니가 사는 집이 있었다.
동네 사람들은 재개발이 된다고 들썩였지만,
할아버지의 낡은 다가구 이층집은 조금의 변화도 없이 그 자리에 있었다.

기차역 주변에는 작은 술집들이 즐비했다.
동네 사람들은 그곳에서 일하는 사람들을 '술집 나가는 여자'라고 불렀다.

집값이 떨어진다며 아무도 쉽게 술집 나가는 여자들에게 집을 빌려주지 않았다.
동네에서 그들이 살 수 있는 곳은 할아버지 집뿐이었다.

꼭 지킬 것

1. 밤늦게 돌아다니지 않는다
2. 일요일마다 골목을 청소한다
3. 쓰레기를 갖다 버린다
4. 시끄럽게 떠들지 않는다

할아버지는 동네 사람들을 설득하기 위해
그녀들과 함께 골목길을 쓸고
쓰레기를 치우셨다.
전쟁고아인 할아버지는 사람에게
돌아갈 집이 없는 걸
가장 두려워하셨다.

몇 번을 물들였는지 기억나지 않지만,
명주실로 묶어 둔 손가락이
답답했던 것은 기억난다.
봉숭아꽃을 손톱 위에 올려 주던
할아버지의 세심한 손길도···.

제삿날마다 할아버지가
입에 넣어 주던 사탕이 있었다.

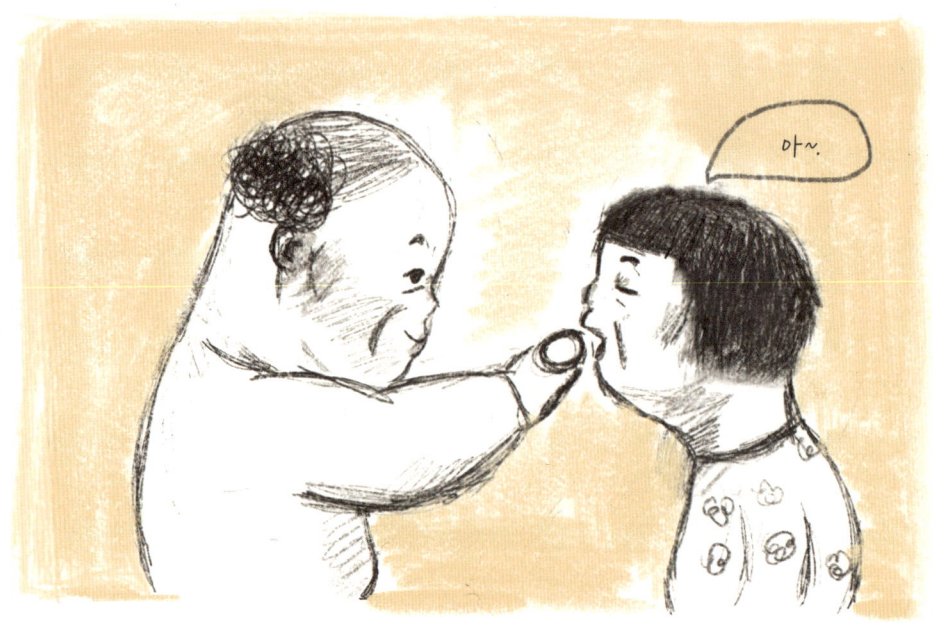

김순임 씨가 천천히 녹여 먹던 사탕.
제사상에서 가장 예뻤던 사탕.
입안 가득 향기가 퍼지던 사탕.
옥춘당.

머 무 를 수 없 는

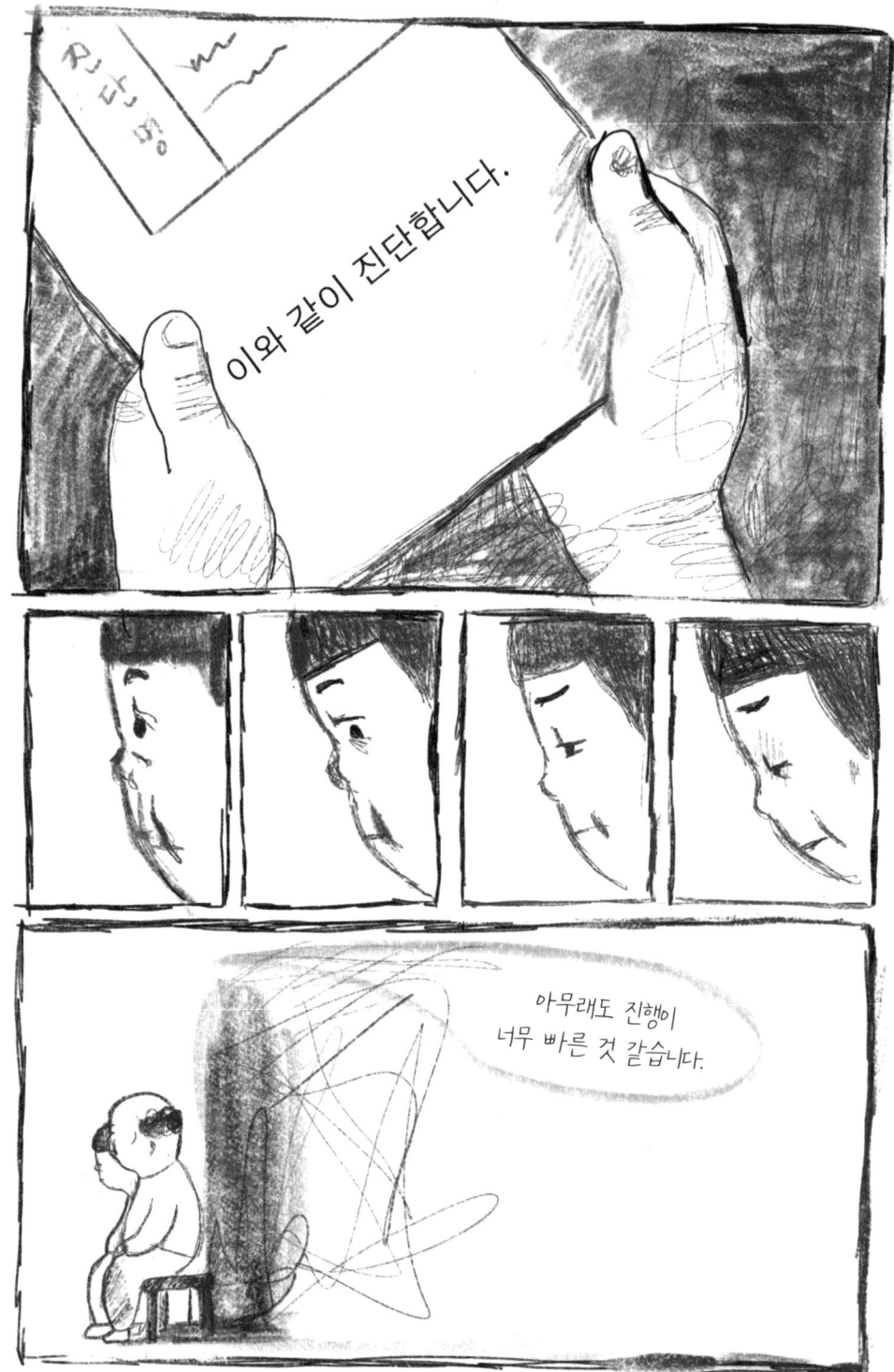

폐암 말기 환자가 된
나의 할아버지 고자동 씨.

얼마 남지 않은 시간을 병원에서 보내고 싶지 않다며
할아버지는 조용히 집으로 돌아오셨다.

시간이 흐른 뒤에야, 우리 가족은 할아버지의 병에 대해 알게 되었다.

두 사람은 옛날 일을 떠올리면서,
변함없이 일상을 함께 보내는 것으로
마지막 인사를 준비했다.

언제나 밝은 모습을 보이셨기에
아무도 할아버지의 투병 사실을 눈치채지 못했다.

내년에도 꽃이 피려나?

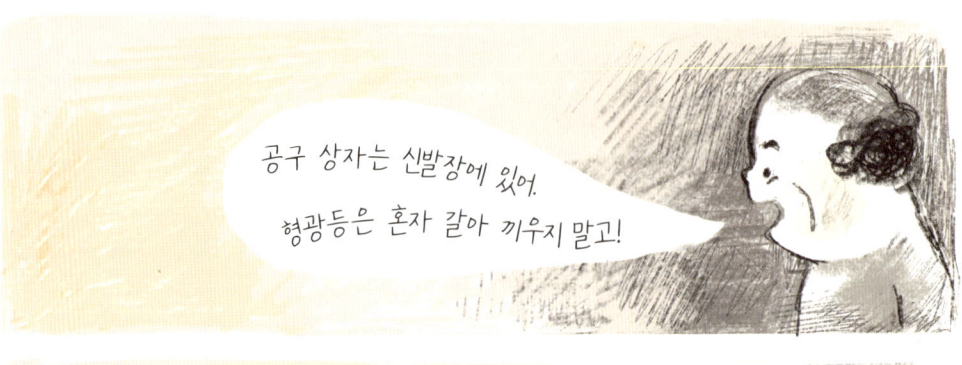

날마다 한 뼘씩 줄어드는 몸과

웃음이 사라진
할아버지의 얼굴을

가족들은 그저 지켜볼 뿐이었다.

어느 날,
자리에서 일어난 할아버지는
혼자 조용히 자신의 몸을 닦으셨다.

폐암 선고 후 6개월이 흐른
어느 화창한 초여름이었다.

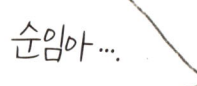

순임아….

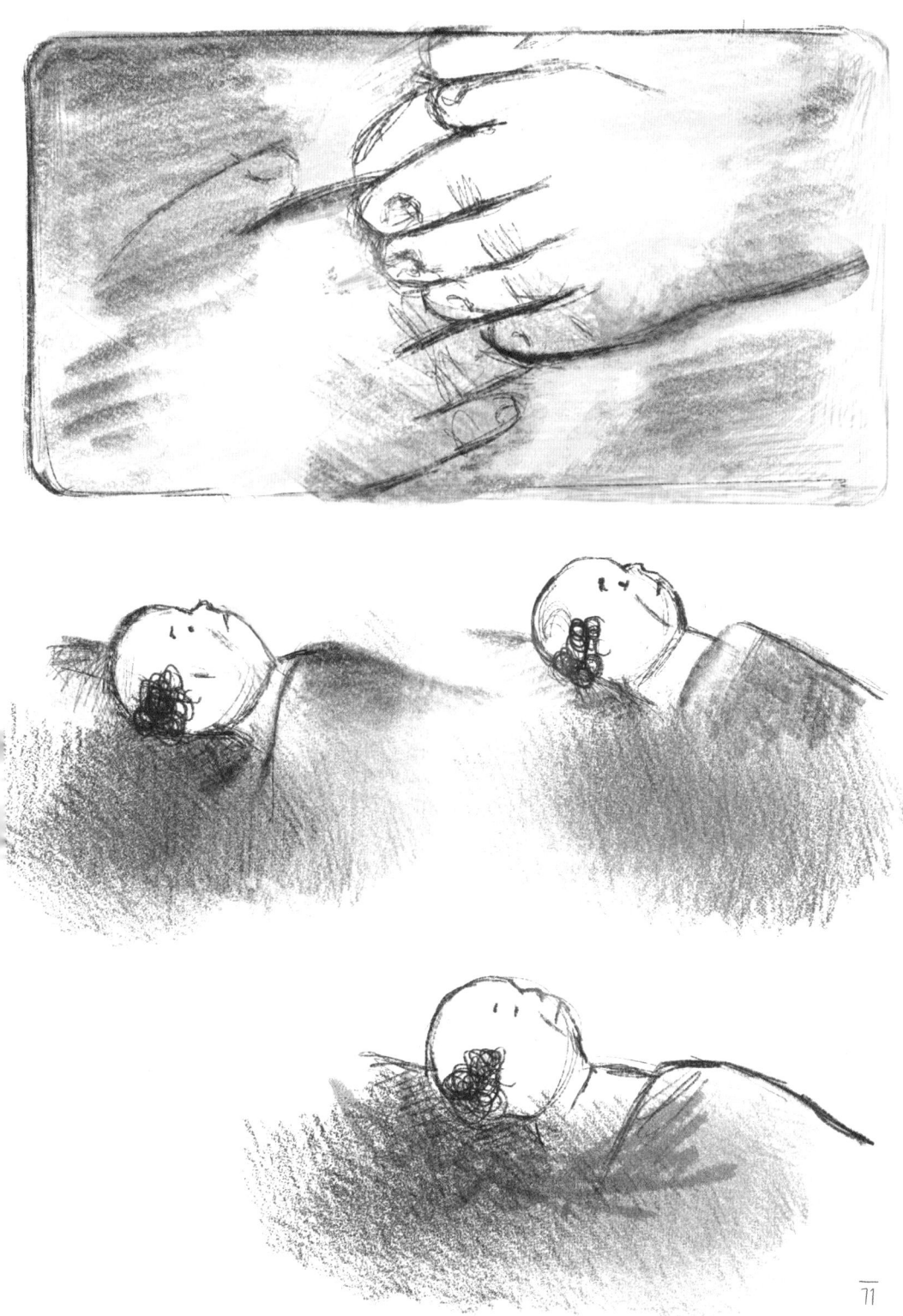

할머니는 시간이 멈춘 집에서 점점 다른 사람이 되어 갔다.
집을 떠나길 원치 않으셨지만, 우리는 할머니를 혼자 둘 수 없었다.

말을 잃고 아무 때나 잠드는 할머니를, 의사는 조용한 치매 환자라고 했다.

인파에 놀란 할머니는
길 한복판에서
오줌을 싸며 아이처럼 울기 시작했다.

집으로 돌아와 곤히 잠든 할머니는 고요했다.

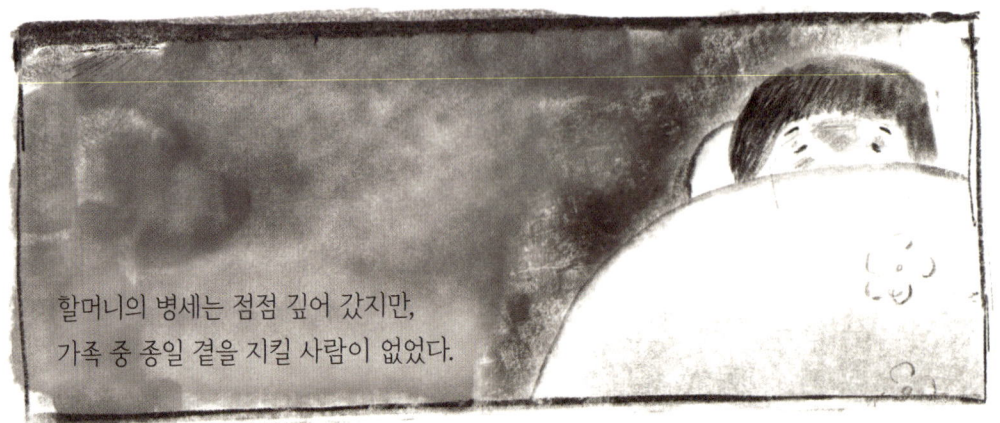

병원에서 들은 대로 할머니는 조용한 환자였다.
조용하고, 얌전하게…
무너지고 있었다.

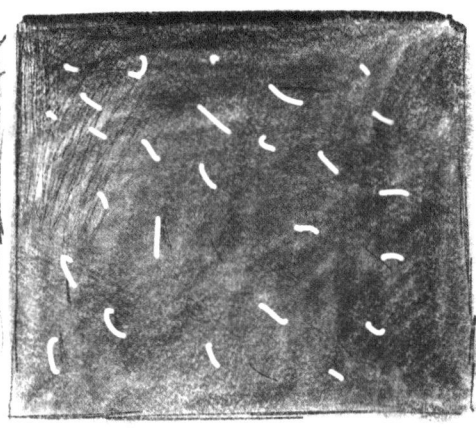

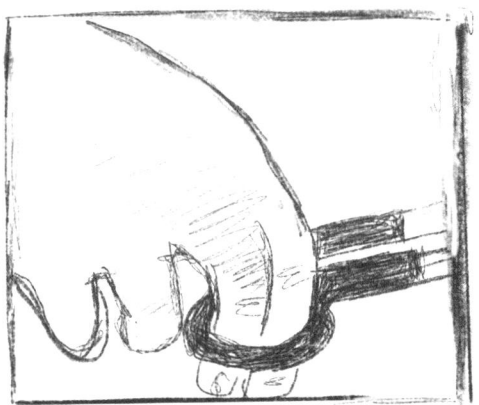

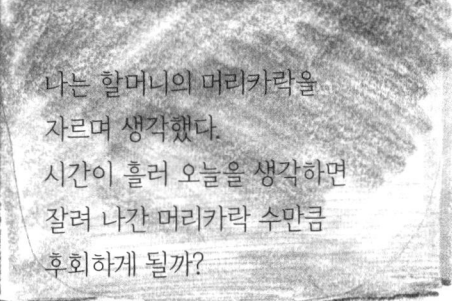

나는 할머니의 머리카락을
자르며 생각했다.
시간이 흘러 오늘을 생각하면
잘려 나간 머리카락 수만큼
후회하게 될까?

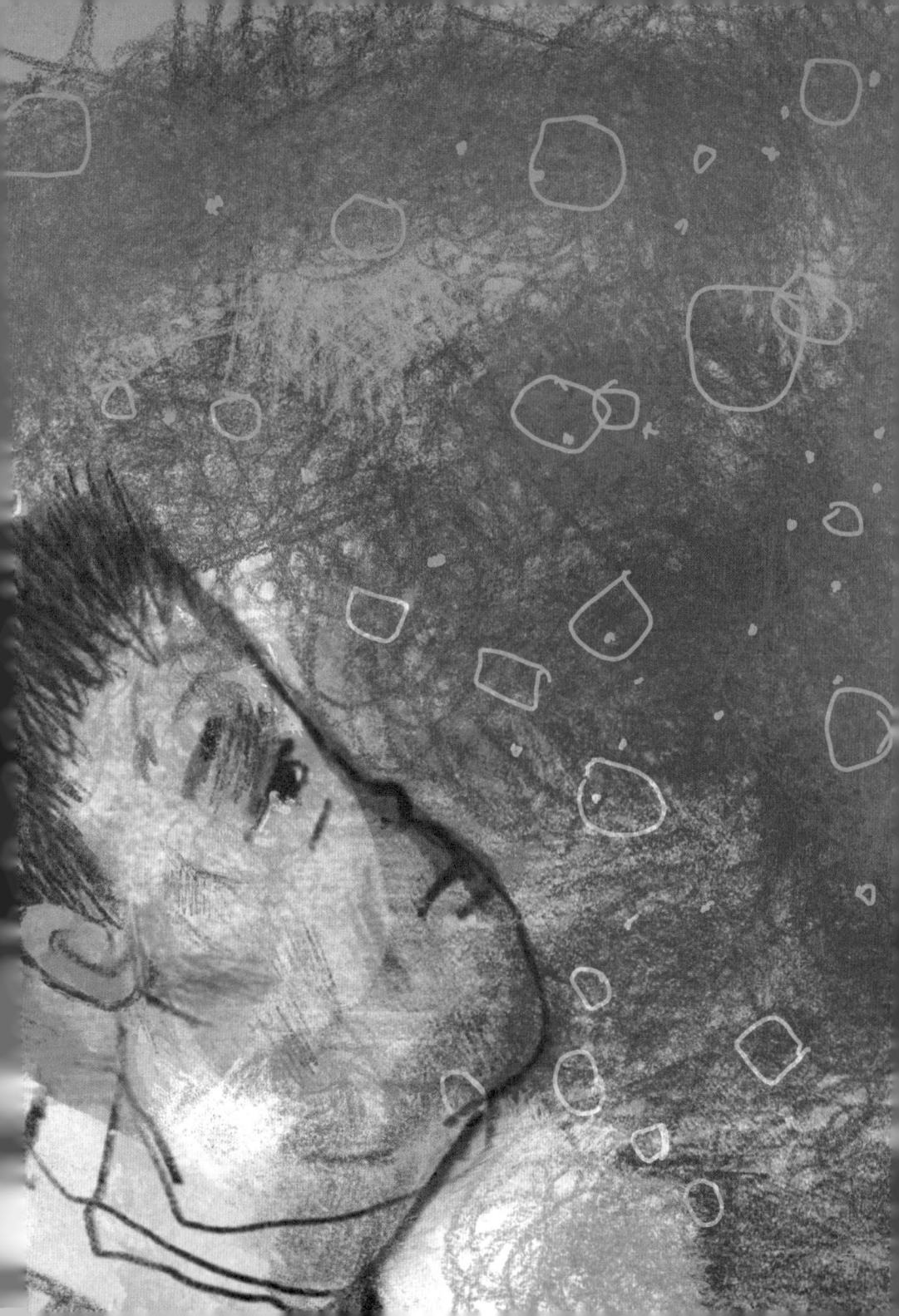

금산요양원 13번 침대

할머니를 요양원에 모셔 두고 온 날,
나는 할아버지 생각을 하지 않으려고 애썼다.
아빠는 자꾸 말을 더듬었고,
엄마는 아무 말도 하지 않았다.

돌봐 주는 사람들을 번거롭게 하지 않으려고
짧게 잘라 버린 머리카락 때문인지 할머니는 추워 보였다.

나는 가끔 할머니를 찾아갔지만,
점점 요양원을 찾는 횟수가 줄었다.
바쁘다는 핑계 뒤로 살짝 숨고 싶었다.

요양원 사람들 말로는, 할머니는 종일 동그라미를 그리며 보낸다고 했다.

할머니는 가끔 누군가를 기다리는 사람처럼 보였다는 사람들 말에,
나는 오직 한 사람을 떠올렸다.

할머니는 보조 기구의 도움을 받아 긴 시간을 보냈고,
폐렴으로 다시 일어서지 못하셨다.

한 사람의 몸에서
시간이 빠져나가는 과정을 보면서,
우리 힘으로 할 수 있는 게 없다는 걸 알았다.

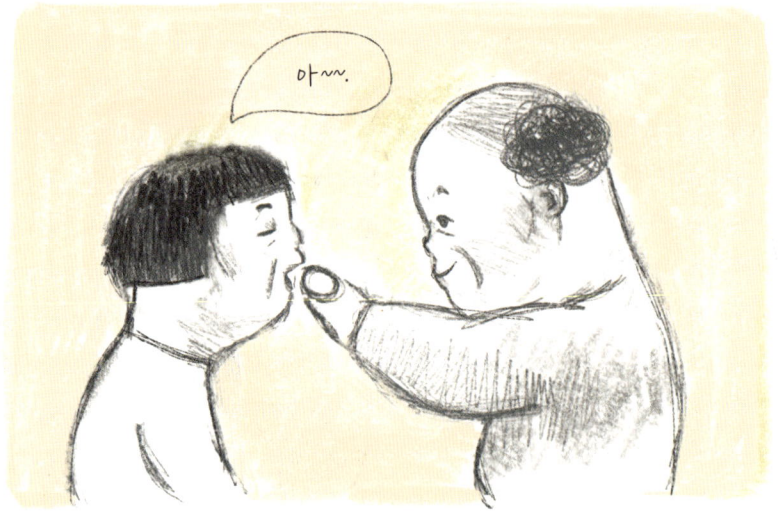

할머니는 10년간의 요양원 생활을 마치고,
220mm 실내화를 남기고 떠나셨다.
할아버지가 떠나신 지 20년이 지난 해였다.

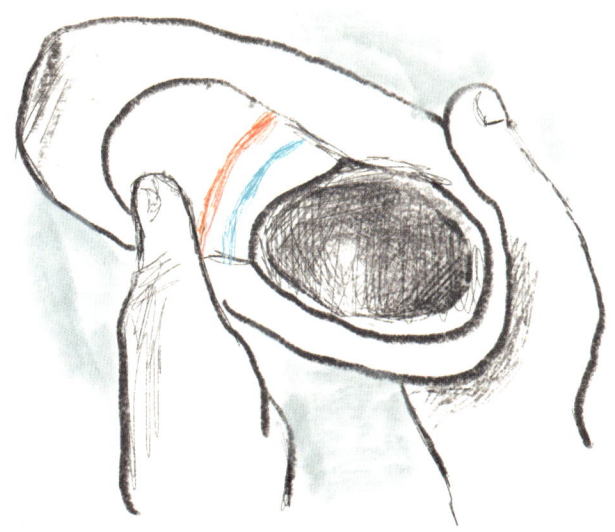